LE CREVE-COEVR DV VIEVX SOLDAT.

Ie descris du soldat la peine & la misere,
Comme experimenté, en son art dangereux,
Pour monstrer à celuy, qui soldat se veut faire,
Qu'il cherche d'estre au rang des hommes mal-
heureux.

Par le Sieur de PRVSTIE.

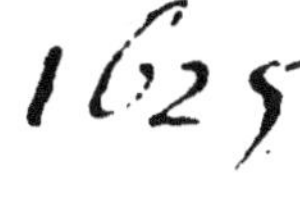

LE
CREVE-COEVR
DV VIEVX
SOLDAT.

FY, fy d'eſtre ſoldat, bon Dieu le cœur me
    créue,
De voir mes compagnons condamnez à la
    Gréue :
Par la neceßité, pour y eſtre pendus ,
Apres qu'ils ont à Mars leurs ſeruices rendus :
Et prodigué pour luy le droict de leur partage,
Auecques le plus beau & meilleur de leur aage ;
Apres qu'ils ont ſouffert les trauaux & les coups,
Apres qu'ils ont pati autant que de vieux loups;
Apres qu'ils ont porté toute leur induſtrie,
Pour deliurer de mal, leur Prince & leur patrie,
Et apres qu'ils ont mis cent milie fou leurs corps
Au hazard de cent maux, et de cent milie morts.

A ij

Helas ! apres cela on vous les recompece
D'vn beau retirez vous, & fuyez la potence.
Bon Dieu, quel Creue-cœur ? payer la loyauté
D'vn soldat genereux, de telle cruauté.
N'est-ce pas luy voler le bien de son courage,
Et le mettre en couroux, en fureur & en rage,
N'est-ce pas luy oster la Loy, & la valeur
Du cœur, & l'exposer au monstre du malheur,
Qui est la pauurete, mere de la famine,
Mere du desespoir, qui rongeart extermine
Ceux qui sont malheureux en sõ piege atrapez,
Cõme sont les soldats que leurs chefs ont trõpez,
Sous pact de leur donner à la fin de la guerre,
Auec le bien du Ciel les tresors de la terre,
Et ne leur donnant rien pour tous leurs grands
   trauaux
Qu'vn mocqueur, i'ay regret de vous voir tant
   de maux.
N'est-ce pas vn malheur, qui n'a point de
   semblable,
Peut on trouuer vn art qu'il soit plus miserable
Que celuy d'vn soldat qui sert fidellement,
Pensant plus à l'honneur qu'a sõ aduancemẽt,

Vrayemēt ,qui cōme moi en aura fait la preuu e
Dira bien qu'vn meſtier plus meſchant ne ſe
    treuue,
Que celuy d'vn guerrier qui n'a point de ſup-
    port,
Et recherche l'honneur au peril de la mort.
Car alors que vaillant au combat il s'obſtine,
La foulle des poltrons vient apres & butine;
Tellemēt que venu d'acheuer le combat
Il ne trouue pour luy que ſon los en debat.
L'vn dit qu'il a quitté ſon rang à la bataille,
L'autre qu'il y eſtoit , mais n'a rien fait qui
    vaille,
L'autre qu'il a fuy & ſouuent par meſchef,
Le plus rogue menteur ſera creu, par le Chef
Qui luy reprochera d'auoir quitte ſa place,
Et s'il veut repartir luy don'ra de la caſſe,
Sous le meſchāt raport d'vn poltrō ſans vertu,
Mais bien apparenté & richement veſtu.
Ainſi le plus ſouuent ſe paye la prouëſſe
Diceux qui pour tout bien n'ont que leur har-
    dieſſe,
Et touſiours les poltrons qui ont bien butiné

Durant que le combat estoit plus obstiné,
Serōt les biēs receus en venāt les mains plaines,
Estaler leurs butins deuant leurs Capitaines:
Qui ioyeux prendront tout, & les caioleront,
Leur dirōt que pour eux au Prince ils parlerōt,
Pour les faire pouruoir des charges honorables,
S'ils fōt tous leurs explois si beaux et si notables
Que si le grand bon-heur veut qu'vn pauure
    soldart,
Ait esté veu du chef au milieu du hazard,
Il receura de luy pour toute sa conqueste,
Vn petit coup de main doucement sur la teste
Vn, ie m'en souuiendray, courage compagnon
Tu seras employé s'il se fait rien de bon.
Voila le paiement qu'on reçoit à la guerre.
Bien heureux est celuy qui cultiue sa terre
Et nourrit son bien sa famille chez soy,
Selon la loy de Dieu & le plaisir du Roy.
Il trauaille le iour & la nuit se repose,
Comme veut la saison, il menage & dispose
Selon son iugement & ordonne à propos,
Et le temps du trauail & celuy du repos,
Mais vn pauure soldart est pire qu'vn esclaue

Le moindre de ſes Chefs, le gourmande & le
    braue,
S'il manque ſeulement de tirér le chappeau
En paſſant deuant eux, ou deuant le drappeau:
Et fuſſe-t'il vaillant comme vn braue Pōpee,
Ils le menaſſeront d'vn ſoudain coup d'eſpee,
S'il repart ſeulement vn mot pour s'excuſer.
(Car vn chef peut cela quand il veut mal vſer
De ſon authorité) ô fortune incertaine,
Qui nous faits aſſeruir deſſous vn Capitaine,
Maudit eſt ton aſpeĉt, maudit ſont tes appas
Plus faux & plus cruels que le rude treſſas;
C'eſt ton bien ſeulement qui les homme conuie,
A prodiguer leur ſang, leur repos et leur vie;
C'eſt ton bien ſeulement qui nous pouſſe aux
    malheurs,
Par leſquels ie reſſens vn monde de douleurs,
Que maudite ſois tu pipeuſe flatereſſe,
Ingrate à tes ſuiuans fauſſaire et trompereſſe,
Maudiz ſojēt tes cheueux que tu me preſentois,
Lors que ieune et gaillard à mon aiſe i eſtois:
Maudits ſoient tes depars, tes aisles et ta rouë,
Maudit qui te cherit quand tu le deſcduouë,

Mais parlons du soldat qui te va poursuiuant,
En pensant t'atraper se pert le plus souuent,
Il n'est pas seulement dessous son Capitaine
Asserui, car il est sous l'arrogance hautaine,
D'vn resueur Lieutenant acharné comme vn
chien.

A prendre sur l'autruy pour augmenter le sien,
D'vn Enseigne esuanté, d'vn Sergent fait bra-
uade,
D'vn Capporal chagrin et d'vn Lancespesade,
Encores n'est-ce tout, il est subiect aussi
Au vieux Sergent Major à la guerre endurcy,
Au Preuost dangereux fier et inexorable,
Peut-ō voir vn humain plus que luy miserable:
Mais parlons des tourments de sa captiuité,
Si l'homme peut parler de quelque infinité:
Car ils sont infinis les tourments que tentale
Endure malheureux dedans l'onde infernale,
Ceux du grand Promethé auec ceux d'Ixion,
Ceux de Siziphe aussi ne sont que vision,
Que Chimeres en l'air qu'inuisibles peintures
A la comparaison de tant de peines dures
Que souffre le soldat pour rendre son deuoir

*Au grand nombre des Chefs qui l'ont à leur pou-
uoir.*

*C'est-il fait enrooller, les armes on luy donne,
Et luy remonstre t'on que la loy de bellonne,
Veut qu'il les tienne nettes, & qu'il prenne le
soing,
D'apprendre à s'en seruir proprement au besoing,
Se le faisant monstrer au Sergent qu'il les baille,
Et qui monstre a chacun à se mettre en bataille;
A porter bien son bois, à marcher grauement:
Selon que le tambour battra le mouuement.
Apres estre receu on le met d'vne Escoüade,
Dessous vn Caporal qui peut estant de garde.
Le mettre en faction quand bon luy semblera,
Et le faire punir quand il s'en faschera,
Et quand il n'aura pas en bon estat ses armes,
Qu'il sera negligent s'il suruient des alarmes
Qu'il n'aura pas sur luy tant de munition,
Comme il en faut à ceux qui vont en faction :
Quand sans commandement il quittera sa pose,
Quand il s'escartera sans dire nulle chose;
Car vn soldat estant à la garde logé,
Il n'en doit point partir sans en auoir congé,*

B

Ou de son Caporal, ou du Lancespessade.
Qui le doit assister autant sain que malade,
Et qui peut luy absent en garde commander,
Tout ce qu'il verra bon afin de ce garder,
Comme les superieurs le veulent & l'entendent,
Ainsi le Capporal & son ayde commandent
Auecque authorité, en garde estans posez,
Et qui leur contredit est des mal aduisez :
Car venans à passer par le conseil de guerre
Il est en grand hazart d'aller pourrir sous terre,
A t'il vn Capporal il le doit estrener.
D'vne paire de gands, & d'vn bon des-jeuner,
Auquel se trouueront les Sergens, c'est la mode,
L'Espessade & les siens, ainsi on l'accommode,
Dés son premier abbord d'vne telle façon,
Qu'il croit estre captif, et remis à rançon.
Il n'est pas le Tambour qui n'en vueille l'estrene :
Mais ce n'est pas icy que commence sa peine ;
C'est parmy les soldats, car s'il n'est raffiné,
Ils vous le railleront pour le rendre estonné,
Si bien que s'il les suit d'vne arrogance haute,
Ils le feront tomber à faire quelque faute ;
Digne du Morion ou bien de la prison,

Et le feront punir pour le mettre à raison,
Que s'il a le cœur bon, et sorty s'aduanture
De tirer de quelqu'vn, raison de cette iniure,
Tel il attaquera, qui le prenant au mot,
Luy monstrera qu'il est trop glorieux et sot;
Car le ioignant d'abort, et luy faisant la mouë,
Il luy appliquera tel soufflet sur la iouë,
Qu'il le renuersera, et se faisant tenir,
Il donnera du temps au Sergent de venir,
Et de mettre la main sur le pauure Nouice,
Et le mettre en prison comme veut la Milice,
Pour au partir de là faire l'apointement,
Auecque les autheurs de son fascheux tourment,
Et garder quant et luy le soufflet et la honte,
Sans en oser iamais à nul faire le conte:
Car de l'accord des Chefs on n'en peut appeller,
Il le faut obseruer et iamais ne parler,
Ny du tort ny du droict, qu'ils ont faict aux
    parties,
Si l'on ne veut iouer aux ieu de repenties.
Que si nostre soldat, endure quelque affront,
Sans tascher d'en tirer quelque payemēt prompt
Il sera mesprise, et aura pour estrenne,

B ij

Son congé quand et quand signé du Capitaine,
Qui ne demande pas de mener des poltrons,
Qui souffrent lachement des infames affronts,
Que s'il se met aux champs auec l'asseurance,
De tirer la raison d'vne meschante offence,
Et qu'il face si bien par son guerrier effort,
Qu'il abbate à ses pieds son aduersaire mort,
Qu'il gaigne vite au pied, car s'il se laisse prendre,
Tous ses plus grãds amis ne le sçauroiẽt deffendre,
Et fussent ses parents des Conseillers du Roy,
De mourir au pouteau, comme le veut la loy,
A grands coups de Mousquets, ou bien à coups
    de picques,
Peut on iamais trouuer des regles plus iniques,
Que celles que nous font, contre toutes les loix
De Dieu, de la raison, et de nos iustes Rois,
Certains Capitaineaux qui iugent admirables,
Ceux la tant seulemẽt qui leur sõt plus sẽblables,
Qui sont plus insolents et plus outrecuidez,
Et en tout et par tout plus fous et desbordez,
Et qui iugent poltron vn soldat d'importance
Qui se plaint (comme veut la royale ordonnance)
De ceux qui luy font tort, plustost que d'en venir,

L'eſpee dans le poing à les battre et punir,
Et nonobſtant cela ces Capitaines braues,
Eſtans dãs les conſeils touſſent et font les graues,
Puis en rendans leur voix , ils condãnent à mort,
Ceux qui ſans leur congé ſe ſont battus d'abbord,
Cependant moyennant leurs arrogances vaines,
Ils portẽt quãd et eux tretous nos bõs Capitaines,
A meſpriſer tous ceux qui ne ſe battent point,
S'ils n'en ont le congé ſoubſigne bien à point,
Et à haut loüer ceux qui ſans aucune crainte,
Se battent furieux dés la premiere atteinte,
Et à les condamner les ayans rehauſſez,
A eſtre pour tel faiĉt par les armes paſſez.
Voila bien du brouillard et de la faſcherie:
Mais ce n'eſt que plaiſir que ieu que raillerie,
A la comparaiſon des faſcheux accidens,
Qui luy vont iour et nuiĉt ſur la teſte pendans,
At'il fait le mauuais et gaſte ſa monoye,
Il reſte ſans amis ſans ſecours et ſans ioye,
Il n'a point de credit tout le rend affligé,
Et ne ſçauroit auoir ny viures ny congé,
Demander de l'argent , c'eſt eſtre inſuportable;
Ve demander congé , il n'eſt pas raiſonnable:

B iij

Car le Roy est premier & doit estre seruy,
D'en giller sans congé l'on seroit poursuiuy,
Par les gens du Preuost, & mis par recompence,
Comm' vn espouuentail le long d'vne potence.
Que peut doncque vn soldat qui n'a morceau de
    pain,
Ny moyen d'en auoir doit il perir de faim,
Il le faut voirement, ou qu'il se rende habillé
A viure sur l'autruy aux champs & à la ville,
Sans les faire crier, ny plaindre nullement:
Car s'il est accuse d'auoir tant seulement
Pris vn morceau de pain auecque violence,
On le dira mutin voleur plein d'insolence,
Et le punira t'on, comme s'il auoit fait,
Contre l'honneur du Roy, quelque enorme forfait.
Quel remede à cela? la monstre est das-ja faicte,
Il y a plus d'vn mois: mais elle est imparfaite,
Car on n'a pas receu, ny mesme veu l'argent,
Pour payer le soldat qui en est indigent,
Et ne le verra-t'on, iusques à ce qu'il quitte
Les mains de ceux qui l'ont, esquelles il proffite
Et pour les Thresoriers, & pour les Chefs aussi,
Qui le doiuent tirer & le veulent ainsi

Cependant ce soldat tombe sous la famine,
Et n'ose dire mot du mal qui l'extermine :
Car s'il en veut parler il est un vicieux,
Et sera chastié comme un sedicieux,
Par le commandement de tous ses Capitaines,
Qui le deuroient payer pour alleger ses peines,
Et laissent son argent aux mains des Thresoriers,
Qui le font profiter au train des usuriers,
Moyennant le suport des lasches Commissaires,
Et des Sergens Majors qui sont pentionnaires,
Et du Maistre de Camp, et des Chefs, qui sous
    luy,
Pour augmenter leur bien prennent celuy d'au-
    truy,
A t'il iamais esté de plus grande iniustice,
Luy desrober son bien & le mettre au supplice,
S'il parle seulement d'en faire plainte au Roy,
Ie ne sçay s'il se peut : mais ie croy quant à moy
Qu'entre tous ceux qui sont en la flamme im-
    mortelle,
Ne sçauroient inuenter une loy plus cruelle,
Et que mesme Sathan autheur de tout peché
Auec tous ses consorts y seroit empesché,

S'il deuoit inuenter deſſus ceux qu'il tourmente,
Une loy de rigueur plus rude & plus meſchante,
Retenir aux ſoldats leur ſolde, & les ranger
A ſeruir ſans proffit, et viure ſans manger,
Les tenir enfermez deſſous la diſcipline,
A la diſcretion de la maigre famine,
Sans leur donner ſecours ny les congedier,
D'aller emmi les champs leur vie mandier,
Cependant leur garder leur argent à l'vſure,
Peut-on voir vne loy plus cruellement dure.
Mais c'eſt peu que cela ; qu'vn ſoldat ſoit allé
Trois iours parmy les champs, & qu'il ſoit tout
       gellé,
Qu'il ait faim, qu'il ait ſoif, le Capporal l'appelle,
Et vous le poſe au vent pour faire ſentinelle,
Et ſans ſe ſoucier s'il aura froid & fain,
Il ne luy faiɛt chercher, ni bois, ni vin, ni pain,
Ains le faiɛt demeurer en ce lieu iuſqu'à l'heure
Qu'il releue, & ſouuent iuſqu'à la nuiɛt obſcure,
De façon que ſouuent, comme il eſt releué,
Il eſt comme vn perdu de chacun reprouué:
Car il ne trouue plus ne ſeu, ne vin, ny paſte,
Pour chaſſer la froideur, & le faim qui le gaſte:
                                    Mais

Mais bien est il contraint, pour se parer de froit,
De se clorre & tappir en quelque coing estroit,
Sans boire ny manger, s'il ne le masche à vuide,
Pour en viure en santé, comme le Poëte cuide.
Faut-il donner secours à quelques assiegez,
Qui sont par trop de temps recrus & affligez:
Nostre pauure soldat tout soudain l'on despeche,
Pour le faire passer et entrer par la breche,
Ou par quelqu'autre lieu, apres auoir passez
Cent torrens dangereux, et cent meschans fossez;
Apres auoir passe auecque main armee,
Cinq cents mille dangers à trauers de l'armee,
Des assiegeans campez, pour prendre les amis
Qui se sont resolus dans ceste place mis,
Pour les faire amuser à cannoner, & battre
Les rampars & les murs, & en fin les combattre,
Assistez du secours qu'il doiuent receuoir,
Alors qu'il sera temps de faire ce deuoir.
Le voila dans le lieu, on luy faict bonne chere:
Mais dans fort peu de temps, on la luy vend
  bien chere:
Car il se faut armer, & apres d'un plein saut,
A la breche courir pour repousser l'assaut.

C

Là sans craindre les coups plus espais que la gresle,
Il se faut aduancer & charger pesle & mesle,
Dessus les ennemis iusqu'à ce que leurs coups,
Vous fracassent vn bras, ou bien l'vn des genoux,
Et que les ennemis s'auançans mille à mille,
Abbatent ses amis & saisissent la ville,
Car alors despourueu de force & de secours,
Il se trouue contrainct de maudire ses iours;
Auec l'heure qu'il print le mestier de la guerre,
Qui le fait viure en pleurs et douleurs sur la terre.
Si Dieu tourne sur luy son œil de charité,
Et le donne à quelqu'vn ayant authorité,
Pour luy faire sauuer sa vie desplorable,
Il eschappe : mais c'est pour estre miserable,
Accablé de douleur durant tout son viuant,
Sans auoir de ses chefs, rien autre que du vent.
Quand vn soldat tout seul gaigneroit la victoire,
Ses Chefs en receuront l'honneur et la gloire,
Auec tout le profit, & ne voudront penser,
De le voir seulement pour le recompenser;
Au contraire jaloux de sa grande prouësse,
Craignans que leur honneur par elle ne s'abbaisse,
Ils le raualleront, & le tiendront si bas,

Que iamais son renom ne s'esleuera pas,
S'il n'est apparenté d'vne maison illustre :
Car en ce cas son los releuera son lustre ;
Mais d'vn braue soldat de petit lieu venu,
En ce temps le renom ne peut estre cogneu.
Quand vn grand au combat feroit vne sotise,
L'on dira qu'il a faict vn traict de vaillantise:
Et quand vn bon soldat de petit lieu sorty,
Combattroit & vaincroit luy seul tout vn party,
L'on cacheroit son nom & sa gloire estouffee,
N'auroit pas vn bon iour, pour glorieux trophee.
Fy, fy, d'estre soldat en ce temps malheureux,
Où la seule grandeur faict l'homme valeureux,
Prudent, sage & discret & vaillant Capitaine,
Et où toute vertu est inutile et vaine,
A tout vaillant soldat, s'il n'est apparenté
Des plus grands de la Cour ou de sa Majesté.
Fy, fy, d'estre soldat, bon Dieu le cœur me créue !
A present que i'entens que l'on parle de trèue,
Et que nostre payeur me faict estre indigent,
A faute d'apporter (comme il doit) nostre argent :
Car ie tremble de peur que c'est auare monstre,
Au verjus de la paix deuore nostre montre ;

C ij

Comme l'ont deſ-jafait, ſous le bruict de la paix,
Les autres Threſoriers, comme luy tres-mauuais:
Car ils ſçauent fort bien qu'en toutes les vail-
   lances,
* N'y a pas tant de profit qu'à piller les finances,
Et que pour auoir bruit d'aymer le bien du Roy,
Il le faut attraper & le loger chez ſoy.
Fy, fy, d'eſtre ſoldat, c'eſt vn meſtier damnable,
Qui rend qui bien le faict dolent & miſerable?
Affligé des pareils, blaſmé des inferieurs,
Negligé de la mort & de ſes ſuperieurs.
Fi, fi, d'eſtre ſoldat, mais que penſe-t'on faire,
Iamais homme de bien en cet art ne proſpere,
S'il ne tire d'ailleurs quelque commencement,
Pour ſeruir aux effets d'aſſeurè fondement.
Fi, fi, d'eſtre ſoldat, allons planter la vigne,
En ioye & en repos, touſiours en droitte ligne;
Nous gaignerons bien plus, qu'en viuãt en ſoldars,
N'aqueſter nuit & iour pour garder les rampars:
Car l'on nous payera au ſoir noſtre iournee,
Et nous repoſerons iuſqu'à la matinée.
Sans craindre qu'vn Sergent nous eſueille en ſur-
   ſaut,

Pour nous mener mourir en donnant vn aſſaut,
Ou bien pour nous aller loger en ambuſcade,
Dedans quelque mareſts prendre la Serenade,
En eau iuſqu' au genoüil, iuſques au point du iour,
Que tous les eſpions auront fait leur retour :
Ou que les ennemis faiſans la deſcouuerte,
Nous viendront desbuſquer à noſtre grande perte,
Et nous rameneront plus viſte que le pas,
A noſtre garniſon, s'ils ne nous tuent pas.
Fy, fy, d eſtre ſoldat, le ſouuenir m'en tuë,
Il vaut bien mioux mener la gentille charruë,
Labourer, & ſemer touſiours ioyeuſement,
Pour recueillir du bled auec contentement;
Pour viure à la maiſon auec ſon eſpouſee,
Et ſa famille auſſi de Dieu fauoriſee,
Trauailler tout le iour & repoſer la nuict,
Exempt de faction de querelle & de bruit?
Il vaut bien mieux cauſer auec ſa bien aymee,
Que d'aller toute nuict auecque main armee,
En ronde deſcouurir comme le Guet ſe faict,
Comme les Capporaux procedent en leur faict,
Si touus leurs compagnons ſont dans leurs corps de
   garde,

S'il faiɛt rendre le mot à poinɛte d'allebarde,
S'il faiɛt ceſſer le bruit, et ſi ſes armes ſont,
En eſtat de ſeruir en vn mouuement prompt:
Il vaut bien mieux dormir au coſté de la belle,
Que d'aller demeurer en double ſentinelle,
A l'iniure du temps ſur le bord d'vn chemin,
Sans oſer ſeulement remuer le patin.
Il vaut bien mieux preſſer la belle toute nuë,
Que d'eſtre dans vn champ ſentinelle perduë,
Ou bien ſur vn chemin, ou au bord d'vn foſſé,
Campé comm'vn Regnard ſur la terre preſſé,
Attendre ſi quelqu'vn ſortira de la ville,
Pour le prendre au collet, s'il eſt ſi mal habille
De ſe laiſſer ſaiſir, & apres le mener,
Deuers les ſuperieurs pour luy faire donner
L'eſtat des ennemis auecque le miſtere,
Pour lequel il marchoit, & ce qu'il vouloit faire.
Il vaut bien mieux cauſer ſous vn pauillon vert,
Que d'aller eſcouter dans le chemin couuert,
S'il ennemy ruſé feroit point quelque mine,
Pour mettre le rampart & la place en ruine.
Il vaut bien mieux cauſer au liɛt deſſus le tard,
Que d'aller appliquer vn grand coup de petard,

Apres auoir esté gellez à l'ambuscade,
Ou bien aller monter premier à l'escalade,
Pour auoir sur le chef vn grand coup de rocher,
Qui vous face estourdy d'haut en bas tresbucher.
Il vaut bien mieux seruir celle qui bien nous prise,
Que de fauoriser d'vn traistre l'entreprise,
Qui quelquesfois peruers sans aucune raison,
Vous fera tous perir par contre trayson.
Fy, fy, d'estre soldat, tant plus ie me promeine,
Parmy ses factions plus ie trouue de peine,
Et moins i'y recognois du bien & de l'honneur,
Encore moins i'y vois de ioïe & de bon-heur.
Marche-t'on par païs en ordre & en parade,
Il faut tenir le rang, & fussiez vous malade,
A peine qu'vn Sergent vous y ramenera,
D'vne telle façon, qu'il vous estonnera;
Que si vous luy pensez raconter vos detresses,
Et ne courez tousiours vous aurez sur les fesses,
Ou bien dessus le dos de la hampe vn tel coup,
Qu'il vous fera crier, comme vn qui crie au loup,
Et soit de bonne ardeur ou de maunaise grace,
Il vous faudra tousiours reprendre vostre place:
Pour maintenir le rang aux autres rangs esgal,

Soit que vous y sentiez du plaisir ou du mal,
Que si vous auez soif, il faut oster le boire
Pour vous desalterer dedans vostre memoire :
Car de vous escarter pour boire à vn ruisseau,
Vous pourriez receuoir quelque coup de nouueau,
Où si le grand bon-heur veut que nul ne vous voïe
Il vous foudra courir comm'on court à la proïe,
Pour regaigner le rang & quand vous y serez,
Vous serez accablé du chaut que vous aurez,
Et pourra suruenir qu'alors l'on fera faire,
Vn alte pour pouuoir pouruoir à quelque affaire,
Dont il vous conuiendra geller vostre sueur,
Et auec vostre mal croistre vostre malheur.
Est-on sur le quartier, il faut estre en bataille,
Iusqu'à ce que l'on ait visité la muraille,
Visité les chemins qui y aborderont,
Et veu sur quel endroit les guets se poseront.
Il faut attendre encor que le fourrier ait faictes,
Et données au sort toutes les etiquettes,
Aux Sergens qui les font tirer semblablement,
Entre les Capporaux au sort esgallement,
Apres les Capporaux font tirer leurs escouades,
Et logent tous leurs sains auecques leurs malades,
Au hazard

Au hazard pour ce iour, car ils ne sçauent point
Lequel logis est bon, & lequel ne l est point,
Et peut bien arriuer que pour toute allegresse,
Le malade n'aura ny hoste, ny hostesse,
Ni pain, ni vin, ni fruict, ni aliment qui soit
Propre à le secourir si la faim le pressoit.
Il peut aussi venir que son hoste collere
De quelque mal reçeu, ne luy voudra rien faire :
Ains luy presentera ses enfans esbaïs
Qui luy vont quaimander du pain par le païs,
Luy dira prands-les, manges-les à vostre aise,
Faictes les cuire au four, grilles-les sur la braise,
C'est tout le bien que i'ay, si vous me les mangez,
Vous me faictes du tort, mais vous les obligez :
Car aussi bien sont ils plus morts que vifs sur la
     terre,
Quand ils oyent parler que nous auons la guerre,
Et que les bonnes gens ne feront plus du pain,
Et n'auront plus du fruict pour assouuir leur faim.
Pensez vn peu que faict tandis nostre malade
Escoutant se discours ; car ie me persuade
Que pour fort peu de cas il seroit à raison,
Et qu'il desireroit d'estre dans sa maison,

Couché comm'vn galant, seruy côm'vn Euesque
Seruy de ses valets & de sa mere auecque,
Chauffé, frotté, couuert de dessous les rideaux.
Et seruy tous les iours de quelques mets nou-
    ueaux.

Ie croy qu'il le voudroit, mais nostre mestier porte
Qu'il souffre comme il faict, ce qui le desconforte,
Encore c'est estre bien que d'auoir le couuert :
Car quand la guerre veut qu'on loge sur le vert
Par mesure en camp clos sous la vouste celeste,
L'on ne peut rien trouuer qui ne trouble et moleste,
Le froid vous engourdit, la faim vous prend au cou:
Et rien que du malheur ne vous peut rendre sou.
Vous estes sans couuert, et mesme sans litiere,
Et vous faut demeurer toute la nuict entiere,
Couché sur le terrain, ou sur les pieds dressé
Tenir vostre mousquet, ou quelque arbre embrassé,
Si vous n'auez moyen de courir au fourrage
Pour auoir paille & bois, pour faire vostre cage,
Vostre hutte di-je, en vostre lieu signé,
Qu'on vous a clairement dés l'abord assigné :
Car de loger ailleurs l'on romproit l'ordonnance,
Et seroit-on subject à quelques repentances,

Car si le Caporal ne vous y trouuoit pas,
Vous seriez en danger d'encourir le trespas,
D'autant que si c'estoit dessus quelques alarmes,
Vous seriez condamné de passer par les armes,
Et vous y passeriez pour exemple à chacun
De tenir l'ordre mis, quoy qu'il soit importun,
Vous voila pour le mieux, comme vn chien sur la
    paille.
Que si le lendemain l'on veut donner bataille,
L'on part de grand matin, afin de vous loger
Sur vn plant conuenant pour vous aduantager,
Ou vous n'estes posez si tost qu'on vous ordonne
En bataillons rangez, & le rang on vous donne
Auec commandement de le tenir tousiour,
A peine de quitter la lumiere du iour,
En ce lieu bien souuent vous passez la iournee,
Sans que pour tout cela bataille soit donnée,
Que si c'est en esté, vous y mourez du chaut,
De la soif, de la faim, car tout vous y defaut,
Et si c'est en Hyuer la trop rude froidure
Faict que vous y perdez la chaleur de nature,
Et y perdez le cœur, si bien que fort souuent
Vous estes alterez par la roideur du vent.

Que si le lendemain la bataille s'auance,
L'on vous opposera contre la violence
De cent canons points, sans qu'il vous soit permis
De remuer le pied d'où l'on vous a remis:
Car il faut sur le lieu esperer que leur foudre
Vous ait cassé les os & ietté sur la poudre,
Et plustost espancher sur terre vostre sang,
Que de vous effrayer, ny quitter vostre rang,
Vient t'il que l'ennemy face tourner la face
Aux chefs de vostre camp, & leur donne la chasse,
Vous restez malheureux pour ne pouuoir courir
Si viste qu'il faudroit, dont il vous faut mourir
Ou demeurer blessé à la misericorde
Des goujats, des coyons gens de sac et de corde,
Qui vous mastineront, comme vn loup affamé
Deschire vn pauure aigneau dés qu'il l'a entamé:
Ils vous despouilleront iusques à la chemise,
Et vous lairront souffrir la rigueur de la bise
Tout blessé, tout gelé, & tout transi de fain,
Mourir si le bon Dieu ne vous donne sa main,
De clemence & d'amour, & viuement n'inspire
Quelque bon paisant, qui chez luy vous retire,
Et vous face penser les coups que vous auez,

Qui se sont par le froid grandement agrauez,
Vous donnant cependant pour aider a nature
Des propres aliments pour vostre nourriture,
Iusqu'à ce que guery vous deslogiez du lieu,
Luy donnant pour guerdon vn pauure & seul
    adieu
A vostre grand regret, car vostre cognoissance
Voit bien qu'il luy faudroit vne autre recompence:
Mais vn soldat voulant faire bien ne le peut,
Mais voulant faire mal en fait plus qu'il ne veut,
Mais c'est du seul mestier que tout cela procede,
Et ny peut-on trouuer, ny moyen, ny remede,
Le mestier de soldat fait faire mille maux,
Et ne donne iamais que peines & trauaux,
Fy, fy, d'estre soldat, c'est vn malheur extréme,
Qui ruine celuy qui trop ardemment l'aime,
Luy donne du trauail plus qu'il n'en peut porter:
Et tousiours sur la fin le fait desconforter,
Car s'il est marié sa famille est deserte,
Des biens qu'il luy faudroit & de douleur couuert,
Pour le voir malheureux de blesseures couuert,
Et de commoditez entierement desert,
Mais dificilement vn bon soldat s'engage,

S'il cognoiſt ſon meſtier aux loix du mariage,
Car le rude meſtier de Mars le dangereux,
Veut qu'vn vaillant ſoldat ſoit du tout malheu-
   reux,
Qu'il n'ait iamais plaiſir ny repos en ce monde,
Ains qu'en toutes douleurs & malheurs il abõde,
Et que des païſans le plus chargé d'ennuy
Et de tout deſconfort ſoit plus heuteux que luy.
Fy, fy, d'eſtre ſoldat, quiconque l'eſt s'abuſe,
Adieu pour tout iamais, ma gentille arquebuſe,
Adieu mes fourniments, adieu mon forniquet
Adieu mon morion, adieu mon grand mouſquet,
Adieu charges adieu, adieu ma bandouliere,
Adieu mon pouluerin, adieu ma poudre entiere,
Adieu balles de plomb, adieu méche, adieu feu,
Adieu petit crochet, adieu fourchette adieu,
Adieu mon tire boure & mon ioly racloir,
Adieu mon eſcarcelle, ennuyé de vous voir
Ie quitte le meſtier de ſoldat ordinaire,
Qui ne m'a rapporté que douleur & miſere,
Adieu mon corcelet, mes braſſars & ma pique,
Adieu taſſette, adieu mon morion antique,
Adieu lime, adieu clous, pour radouber la bande,

Adieu armes, adieu, adieu vous recommande,
Ie m'en vay repofer deffus quelque fumier,
Pour regretter l'ardeur de mon printéps premier,
Et mourir douloureux de la cruelle angoiffe
Que me donnent mes coups, fans que nul me co-
    gnoiffe.
Ceux-là que i'ay feruis fe moqueront de moi,
Sans me donner un fou pour ofter mon efmoi,
Encores bien heureux par raifon ie m'eftime
De n'auoir pas efté conuaincu d'aucun crime,
Car fi ie l'euffe efté à mon tres-grand malheur
Ie fuffe efté traitté, comme on traitte un voleur,
Par ceux que ie feruois au hazard de ma vie,
Aufquels ma liberté ie tenois afferuie,
Comme le font eftez ceux qui trop hazardeux
Se font faits criminels pour obeïr à eux,
Et ont efté furpris, conuaincus par iuftice:
Car eux pour fe garder, & couurir leur malice,
Les ont precipitez par cent moiens diuers,
Craignant eftre par eux blafmez & defcouuerts,
S'ils auoient le loifir de penfer en eux mefme,
Que leurs chefs les portoiét en ce fupplice extrefme.
Ie rends graces à Dieu qui n'a iamais permis

Que ie me sois pour eux en tel hazard sousmis,
Et qui m'a preserue de la lime d'un crime,
Et m'a faict paruenir en vne bonne estime,
Que si ie suis priue de biens & de salut,
Ie ne m'estonne point, car le mestier le veut.
Le mestier de Soldat auec soy il apporte.
La peine & la douleur est sa fidelle escorte,
Qui veut estre Soldat doit croire fermement,
Qu'il veut estre subiet, esclaue du tourment,
Et qui ne le croit pas, sans y penser s'enlace
Au pommeau de tout mal, & de toute disgrace.
Fy, fy, d'estre Soldat qu'on n'en parle iamais,
Car c'est parmi les arts de tous le plus mauuais.

Plus Vltra.